vecino muy
agradecido
Eróticas
AF603728
Erika Sanders

Título

Un Vecino muy Agradecido

Por

Erika Sanders

Serie

Colección Historias Eróticas

Primera edición: 2025

Sinopsis

Un vecino muy agradecido es una historia perteneciente a la colección Historias Eróticas, una serie de historias de alto contenido erótico.

(Todos los personajes tienen 18 años o más)

Nota sobre la autora:

Erika Sanders es una conocida escritora a nivel internacional, traducida a más de veinte idiomas, que firma sus escritos más eróticos, alejados de su prosa habitual, con su nombre de soltera.

Índice

UN VECINO MUY AGRADECIDO
POR
ERIKA SANDERS

CAPÍTULO 1

Anytha estaba revisando su buzón del correo, a las 6:40 exactamente, como todos los días, incluso los sábados.

Era una criatura de hábitos, así nada más.

Eso y el autobús de las 5:15 de vuelta del trabajo.

Cuando cerró su buzón y se volvió, un apuesto joven estaba rodando en una silla de ruedas.

Anytha le sonrió cortésmente y se dirigió hacia los ascensores.

Apenas había dado unos pasos en esa dirección cuando se dio cuenta de que el joven había estado mirando hacia la fila superior de buzones.

Girando, ella soltó:

"¿Necesitas ayuda?"

"En realidad, eso sería genial", respondió con tristeza. "La semana pasada, el portero me estaba recogiendo el correo. Ahora esta semana, es otra persona y no me ayudará con esto. Dice que es ilegal manejar el correo de otra persona".

"Es un temporal", le aseguró Anytha, tomando su llave y metiéndola en el buzón adecuado. "El tipo regular volverá la próxima semana. Solo promete que no llamarás al FBI denunciándome, ¿de acuerdo?" Le dijo sonriendo.

Ella le entregó una pila de sobres.

"Dios bendiga al ayuntamiento". Continuó él con un toque de amargura. "Hace que los arquitectos diseñen apartamentos accesibles, pero no buzones".

"Lo siento", dijo Anytha, sin saber qué más podría ofrecer.

De repente se golpeó la frente y ella dio un paso atrás sorprendida.

"¿Qué pasa conmigo? Aquí estoy en presencia de una mujer hermosa, amable y comprensiva y todo lo que puedo hacer es quejarme. Como si fuera tu culpa, de alguna manera. Déjame comenzar de nuevo. Gracias, y lo digo sinceramente. Mi nombre es Brian. Probablemente lo descubriste por mi correo, ¿eh? "

"Soy Anytha", dijo ella cerrando su buzón. "Eres nuevo aquí, ¿no?"

"Me mudé la semana pasada. ¿Qué puedo hacer para agradecértelo?"

"¿Qué, eso? Eso no es nada. Y estoy aquí a las 6:40 todos los días, ya sabes, hasta que el portero regular esté de regreso. Estaré encantada de ayudarte".

"¿No 6:45?" preguntó, levantando una ceja.

Ella se rió mientras ambos se dirigían hacia el elevador.

"No, a menos que el autobús llegue tarde. Cuando no tienes mucha vida, es más fácil llegar a tiempo".

"¿Una mujer hermosa como tú, sin vida?" dijo con enfática incredulidad.

Ella se sonrojó.

"Solo estás siendo amable".

"Al menos déjame ofrecerte una cerveza". Rodó hacia el elevador.

"Realmente no me gusta la cerveza", declinó ella, tímidamente.

"¿Entonces qué? Estás haciendo que sea difícil ser un caballero aquí. ¿Margaritas, mojitos, brandy, champaña?"

"Simplemente me quedo con el vino".

Él se abalanzó.

"¿Rojo o blanco, dulce o seco, doméstico o de importación?"

"Brian, realmente, no tienes que ..."

Cuando las puertas comenzaron a abrirse en el piso de ella, él rodó frente a ellas.

"No te dejaré ir hasta que respondas".

Ella puso los ojos en blanco.

"Muy bien, tú ganas. Blanco, seco y barato".

"Mi tipo de chica", dijo con un guiño, retrocediendo para que ella pudiera salir del ascensor.

Ella sacudió la cabeza con exasperación, pero sonrió hasta la puerta de su apartamento.

CAPÍTULO 2

Al día siguiente, él la estaba esperando cuando ella entró en el vestíbulo, luchando con su paraguas.

Ella sonrió con agradable sorpresa y tomó su llave para buscar su correo, y luego abrió su propia casilla.

Él esperó pacientemente hasta que ella se volvió y se dirigió hacia el ascensor, rodando a su lado.

"Te estoy secuestrando y haciéndote aceptar la copa de vino de ayer. Tengo tres sabores diferentes para que elijas".

"¿Sabores?" dijo ella con el ceño fruncido. "No estamos hablando de vinos con sabor a frutas, ¿verdad?"

"Estoy bromeando", se escusó.

"Bueno, está bien. Supongo que en ese caso puedes secuestrarme. Pero solo para uno".

Una sonrisa tiró de las comisuras de los labios de él mientras rodaba hacia el elevador.

Cuando la condujo a su apartamento unos minutos más tarde, ella se quedó debidamente impresionada por la decoración tenue pero elegante.

Él rechazó su oferta de ayuda y le ordenó que se "pusiera cómoda" en el gran sofá mientras él entraba en la cocina y comenzaba a dedicarse a servir el vino.

Anytha lo miró de reojo mientras se movía por el mostrador bajo.

Ayer no había notado mucho más allá de su naturaleza atractiva en general, con ojos sonrientes, cabello rubio ondulado bastante corto y una mandíbula cuadrada y fuerte.

Ahora, sin una chaqueta voluminosa, se dio cuenta de que tenía los hombros y el pecho muy anchos, con los brazos muy musculosos.

Cuando él la miró, ella apartó la mirada rápidamente, sonrojada.

"Wow", dijo ella. "Tienes una vista mucho mejor que la mía. Increíble lo que pueden hacer unos pocos metros más arriba".

"Por la noche, la iluminación de la ciudad es bastante hermosa. Tal vez si te sirvo varias copas de vino, puedo convencerte de que te quedes hasta entonces".

Anytha lo miró, pero estaba sonriendo burlonamente.

"Dije solo una copa", le recordó.

Él se encogió de hombros.

"Cuando un chico secuestra a una mujer hermosa, no puedes culparlo por querer prolongar el placer. ¿Chardonnay, Sauvignon Blanco o Bacardí?"

"Chardonnay", respondió ella, luego bajó a mirar sus manos en su regazo. "No deberías seguir diciendo eso".

Él frunció el ceño.

"¿Decir qué?"

"Yo no soy hermosa."

Él detuvo lo que estaba haciendo y rodó por la barra de la cocina hacia ella.

"Quien te haya convencido de eso merece ser desafiado y yo soy el tipo para hacerlo. ¡Dame un nombre!"

Cuando se dio cuenta de que él no iba a moverse sin una respuesta, ella murmuró:

"Una mala relación. Se acabó. Se fue".

La observó por un momento, luego cedió y regresó a la cocina.

"¿Entonces por eso no tienes vida? ¿Por algún imbécil que no tenía idea de lo bueno que tenía?"

Ella levantó la barbilla y sonrió, pero él notó que todavía se retorcía las manos.

"Supongo que me hizo más selectiva", dijo.

Un momento después, regresaba con una cerveza en su regazo y una gran copa de vino en la mano.

De alguna manera se las arregló para hacer rodar su silla con una mano.

Incluso logró inclinarse levemente mientras le ofrecía el vino.

"Tu bebida, mi señora".

"Gracias, amable señor", respondió ella y se rió suavemente.

Levantó su cerveza y abrió la tapa, arrojándola cuidadosamente en una papelera distante, luego levantó la botella hacia ella.

"Por los vecinos maravillosos".

Ella tintineó su vaso contra su botella.

" Ching, Ching", ella estuvo de acuerdo.

CAPÍTULO 3

Durante un rato conversaron ociosamente sobre el trabajo y la familia, los compañeros inquilinos, las molestias del transporte público y otros temas relacionados con su zona de confort.

Cuando Anytha se excusó para usar su baño, él subrepticiamente rellenó su copa de vino de la botella que había guardado en un bolsillo lateral de su silla.

Cuando ella regresó y miró el vaso sospechosamente, él siguió con una técnica de distracción más efectiva.

"No me has preguntado cómo terminé en esta silla", dijo.

"Oh", respondió ella, tomando un sorbo sustancial del vino. "Realmente no es asunto mío".

Brian se dio una palmadita imaginaria en la espalda.

Esa táctica funciona todo el tiempo.

"Y no es de mi incumbencia tu ex. Te propongo una cosa, te contaré mi historia si me cuentas la tuya".

"Realmente no ..."

"Fui estúpido. Bebí demasiado. Me subí a una motocicleta. Golpeé un trozo de grava, luego golpeé una zanja, luego golpeé un árbol. Al menos eso es lo que me dicen. No recuerdo nada de eso. Pero ahora, nada funciona de la cintura para abajo ".

"Lo siento mucho", dijo ella, poniendo su mano sobre la de él.

"No lo hagas. Todavía estoy aquí. Todavía me estoy divirtiendo. Y la mejor parte es", se inclinó hacia ella. "Las mujeres hermosas no me ven como una gran amenaza de tipo duro cuando trato de atraerlas a mi departamento". Se reclinó en su silla. "Me muevo en las sombras, bebé".

Anytha lo miró y arqueó una ceja.

"Eras un jugador defensivo", ella arriesgó una suposición.

Se rio alegremente.

"Ofensivo. Centro, ocasionalmente". Él se encogió de hombros. "No es lo suficientemente bueno para los profesionales, pero pensarías que al menos facilitaría tener una cita en el campus. Si me hubiera acercado a una bella dama que estaba parada en su buzón en esos momentos podría invitarla a mi habitación un trago. Bueno, tampoco solían correr lo suficientemente rápido. Por supuesto, los mariscales de campo y los receptores obtenían toda la buena prensa. Éramos simplemente "la línea" que se suponía que evitaría que el lindo mariscal de campo se estrellara.

"Pero luego, el año pasado en la escuela, regresé y en lugar de seis pies y seis y doscientas sesenta libras de músculo de hierro, tengo cuatro pies de silla sin motor. Así que ahora las chicas me hablan, pero solo sobre cómo me tienen mucha lástima ".

"Oh, yo ..." Anytha miró su regazo.

"Excepto tú", le interrumpió. "Aparte del hecho de que te disculpas con demasiada frecuencia, no percibo una pizca de lástima. Es refrescante. Y si lo estás escondiendo realmente bien, por favor no me lo digas. Déjame vivir así con mi fantasía ".

Esta vez, él rellenó su copa de vino sin fingir.

Ella no pareció darse cuenta o recordar su límite preestablecido.

"Ya está, he descubierto mi alma. Ahora es tu turno".

Sacó otra cerveza del bolsillo de su silla y una vez más hizo enceste perfecto con la tapa.

"Um, yo ..." Anytha se retorcía las manos otra vez.

Él tomó su copa de vino y cerró los dedos alrededor del cuello de la base para darse algo más que hacer.

"¿Te dijo que no eras hermosa?" Brian preguntó suavemente.

"No, él nunca dijo eso", dijo ella sacudiendo la cabeza.

"¿Te dijo que eras hermosa?"

"Mmm no." Tomó un gran trago de vino.

"Déjame adivinar, entonces. Él constantemente señalaba fallas. ¿Estoy en lo cierto?"

Ella asintió malhumorada.

"Él me decía que necesitaba perder peso, y cuando me esmeraba para perder un poco, decía que ahora mis senos eran demasiado pequeños. Me decía que me cortara el pelo, y cuando lo hacía, me ridiculizaba el estilo. Mi ropa nunca estaba bien, incluso la que él me compraba. Me hizo ponerme lentes de contacto de colores porque mis ojos eran aburridos, pero luego se quejó de que el color era demasiado artificial. Me hizo usar tacones ridículamente altos, pero luego se enojaba porque le decía que me dolían los pies ".

Brian esperó pacientemente hasta que ella comenzó a relajarse, luego tomó su mano y la sostuvo.

"También te dijo que eras horrible en la cama, ¿no?" Ella asintió, pero no levantó la vista.

Después de un momento, él extendió su mano libre y tomó su barbilla, levantándola.

"Te juro que nada de eso es cierto. Bueno, está bien, no puedo responder por la parte del sexo, pero he estado con suficientes mujeres para tener una muy buena idea de cómo serás en la cama, solo por la forma en que te manejas fuera de la cama. Y Anytha, lo estás superando. Necesitas comenzar a relajarte un poco ".

Ella sonrió con tristeza.

"Entonces, esta cosa de terapia que te gusta hacer con las chicas. ¿Es solo una actividad secundaria o ganas mucho dinero con ella?"

Él se rió.

"Cobro mi pago con sonrisas", dijo extendiendo los brazos. "Me gustaría que vinieras aquí y te sientes en mi regazo para darte un abrazo".

"¿Estás seguro? Quiero decir ..."

"No están rotos", dijo, dándose palmadas en los muslos. "Simplemente no hacen una maldita cosa que les digo".

Todavía estaba dubitativa mientras se paraba frente a su silla, pero luego él se inclinó hacia adelante y la tomó en su regazo, dejando que sus piernas colgaran sobre un brazo de la silla.

Después de solo una pequeña pausa, ella se acurrucó contra su amplio y duro pecho, entrelazó sus brazos alrededor de su cuello y suspiró.

Él la rodeó con sus musculosos brazos y la atrajo aún más cerca.

"Me gustas, Brian", dijo ella, aunque su voz estaba amortiguada contra su pecho.

"Y tú me gustas", respondió. "Solo desearía tener el equipo disponible para probarte que el imbécil estaba equivocado acerca de la cama junto con todo lo demás".

Anytha se rió un poco e inmediatamente se preguntó cuánto vino había bebido con el estómago vacío.

Él le dio un último apretón y luego, cuando ella se sentó en su regazo, agregó:

"Y por si te interesa, la lengua todavía funciona bien".

La sacó y la movió solo como prueba.

Anytha se estaba riendo a carcajadas ahora.

Ella se movió de su regazo.

"Creo que mejor me voy, antes de que me pongas más para beber. ¡Me estás haciendo sentir como una calentorra colegiala!"

"Entonces, mi diabólico plan tortuoso está saliendo como esperaba", se rió, incluso mientras apartaba su silla para que ella pudiera pasar hacia el sofá.

Estaba recogiendo su abrigo y sus pertenencias cuando él la detuvo.

"Anytha, ¿puedo convencerte para que vengas a cenar el viernes? Mi hermano gemelo estará aquí. Me gustaría que lo conocieras".

Buscó en su memoria empañada de vino.

"¿Dijiste que es tu gemelo?"

"Sí. Idéntico. Excepto que no fue lo suficientemente estúpido como para subirse a una motocicleta cuando estaba borracho".

"Um", vaciló.

"Sin excusas. Ya has confesado que no tienes vida".

"Maldición. Está bien. ¿A qué hora?"

"Puedes ayudarme con mi correo a las 6:40, luego ponerme ropa más cómoda y subir a mi casa, digamos, a las 7:40", dijo con un guiño.

Ella se rió.

"Las 7:40 está bien".

CAPÍTULO 4

El viernes por la noche, Anytha se puso unos pantalones de yoga y una camiseta de gran tamaño.

Las chanclas completaron el atuendo.

Fuera de la puerta de la casa de Brian, se detuvo a propósito hasta que en su teléfono celular aparecieron las 7:40.

Cuando llamó, la puerta se abrió de inmediato.

Brian obviamente había estado esperando que llamara dentro.

Ella se rió y él se echó a reír, entregándole una copa de vino.

"Ven a conocer a mi hermano", dijo, llevándola hacia el sofá.

Era una copia de él, hasta los jeans negros y la camisa blanca con cuello abierto.

Ya se había levantado y había dado la vuelta al sofá con la mano extendida.

"Anytha, este es John".

"Es un privilegio conocer a cualquiera que esté dispuesto a soportarlo", dijo John, tomando su mano, pero luego acercándola a los labios para plantar un beso en su palma.

"Eso ha sido muy dulce", respondió Anytha.

"Es que soy el hermano más dulce. Él es el aburrido insufrible. Ven y siéntate", agregó tirando de ella hacia el sofá.

"¿Puedo ayudar con la cena?" ella preguntó.

"No te dejará ayudar", le aseguró John, "porque podrías ver todas las cajas de las que salió su comida 'casera'".

"Muy gracioso", arrastró Brian, volviendo a la cocina.

"Entonces, ¿entiendo que tuviste algunos problemas con un ex?" John preguntó.

"Oh, eh ..." Anytha se sonrojó furiosamente.

"Brian me lo dijo. Sin detalles, solo eso, veamos, ¿cómo lo dijo? 'El imbécil hizo mierda en su autoestima'. Le ofrecí ayudarlo a darle una paliza al imbécil. Pero ahora que te he conocido, una paliza parece inadecuada. Por lo menos, tenemos que sacarle las uñas de los pies y de las manos ".

Brian rodó y le entregó una cerveza a John.

"¿Esa es tu idea para abrir una conversación?" Él frunció el ceño a su hermano.

John solo se encogió de hombros.

"No soy muy apto para hablar tonterías sobre el clima. Además, todo lo que hace aquí es llover. Limita la variedad de frases ingeniosas".

"Realmente, chicos, solo estoy tratando de seguir adelante con mi vida. Nadie necesita ser golpeado", intervino Anytha.

"Esa es una cuestión de opinión", dijo Brian, mirando a su hermano.

"También te amo, hermano", gritó John cuando Brian regresó a la cocina.

Miró a Anytha.

"Él me ama", dijo con un guiño.

"¿Jugaste al fútbol también?" Anytha preguntó, tratando de dirigir la conversación a territorio neutral.

"Un par de años, pero requiere bastante tiempo y pensé que sería mejor concentrarme en una carrera más ... realista".

"Muy bien, chicos", llamó Brian. "Hora de la cena."

John se levantó y tomó su mano, tirando de ella hacia la mesa del comedor en la esquina de la habitación junto a las ventanas.

Era la primera vez que notaba la mesa bellamente puesta.

Brian estaba encendiendo velas en el centro de la mesa.

Afuera, las luces de la ciudad comenzaban a encenderse a medida que el cielo se oscurecía.

Brian recogió un control remoto.

"¿Jazz, pop o rock?" le preguntó a ella.

"Estoy seriamente mal vestida", dijo ella, plantando sus pies contra el tirón de la mano de John.

"Tonterías", exclamó John. "Normalmente comemos desnudos".

"Así que estás demasiado vestida", señaló Brian.

Apretó un botón en el control remoto y un jazz suave llenó la habitación.

Sacó una silla para ella que diera a las ventanas y la mano gentil pero insistente de John en su espalda la sentó en contra de su mejor juicio.

Cuando ambos estuvieron satisfechos de que ella no iba a huir, fueron a la cocina y rápidamente llevaron la comida a la mesa.

Luego los hermanos se acomodaron en cada extremo de la pequeña mesa y procedieron a hacerla el centro de atención durante toda la cena.

Tenían una increíble habilidad para devolverle la conversación, cada vez que pensaba que los había redirigido a otro tema.

También se unieron a beber con ella dos veces, y uno volvió a llenar su vaso cuando ella respondió una pregunta del otro.

Pronto descubrió que sus supuestos argumentos contrarios no eran más que un disfraz de su profundo vínculo afectivo.

Cuando todos finalmente acabaron de la mesa, llenos hasta reventar, Anytha se ofreció a lavar los platos.

"¡No!" Dijo Brian, así de enfáticamente saltó.

"Mira", le dijo John, "tiene las cajas de la cena escondidas en el lavaplatos. Sabía que estaban escondidas en alguna parte".

"Solo quiero que todos nos traslademos al sofá y continuemos con esta gran conversación", argumentó Brian.

"Pero..."

"Mi casa, mis reglas. Los platos sucios se quedan hasta que estén completamente maduros. Vamos".

CAPÍTULO 5

Rodó hacia un extremo del sofá para que John se moviera al otro extremo del sofá, dejando el centro para Anytha.

Ella suspiró y tomó su copa de vino, cruzando la habitación.

Tan pronto como se sentó, Brian volvió a llenar su vaso de la botella que había guardado en el bolsillo de su silla.

Una vez hecho eso, Brian la sorprendió, usando la fuerza de la parte superior de su cuerpo para levantarse de la silla y sentarse en el sofá.

Una vez allí, se volvió y apoyó la espalda contra el brazo, levantó la pierna derecha sobre los cojines e hizo un gesto de acercamiento a Anytha, acariciando el sofá frente a su regazo.

"Siéntate aquí. Es la hora de un masaje en el cuello".

"Y luego puedes contarnos todo sobre ese viaje del que hablaste antes que hiciste a Italia", dijo John.

Se giró parcialmente en el sofá para mirarla, apoyándose contra el otro brazo casi como una imagen reflejada de Brian.

Anytha tomó un gran trago de vino, luego buscó un lugar para colocar el vaso.

John se lo quitó y lo puso en la mesa al fondo detrás de él.

Sintiéndose totalmente incómoda, se recolocó en posición, luego sintió las manos de Brian en su cintura acercándola.

Ella se quitó las chanclas y comenzó a cruzar las piernas, pero luego John estaba poniéndole los pies en su regazo.

Sus fuertes manos comenzaron a frotar sus arcos en la espalda incluso cuando Brian se puso a trabajar en el cuello y los hombros.

Anytha extendió la mano para prepararse mejor y Brian complacientemente colocó sus manos sobre sus muslos.

Ella se maravilló de que no se sintiera incómodo en lo más mínimo.

Anytha suspiró.

"Si ustedes continúan así, no voy a recordar nada sobre el viaje a Italia".

"Entonces no lo hagas", dijo Brian suavemente desde detrás de ella. "Solo cierra los ojos y disfrútalo".

Las manos de Brian se abrieron paso por su espalda, sus pulgares trabajaron los músculos a lo largo de su columna vertebral mientras sus dedos encontraban todos los músculos y los relajaban.

Mientras tanto, algo que John le estaba haciendo a sus pies parecía dispararle directamente a la barriga, extendiendo un delicioso calor.

Cuando Brian llegó a su espalda baja, ella estaba gimiendo de placer.

Cuando llegó a su coxis, ella arqueó la espalda con deleite y echó la cabeza hacia atrás con un largo y prolongado "Ahhhh".

Brian y John intercambiaron una comunicación silenciosa.

Las manos de Brian comenzaron a subir por sus costados, debajo de su parte superior y John extendió la mano para frotar sus pantorrillas.

Anytha no reaccionó cuando las manos de Brian alcanzaron la piel desnuda sobre sus pantalones de yoga.

Ella simplemente siguió tarareando de placer.

Cuando Brian llegó a la parte inferior de su sujetador, deslizó los dedos debajo de la correa trasera y se inclinó hacia adelante.

"Anytha, ¿quieres esto?"

Casi a regañadientes, bajó la cabeza, para encontrarse con los ojos de John.

"Di que sí", la persuadió.

Sus manos habían dejado de moverse, esperando su respuesta.

El vientre de Anytha se revolvió, despertando de un largo sueño.

Y los ojos de John sobre los de ella eran tan cálidos, serios y amables.

Ella cerró los ojos, aprobando.

Estaba agradablemente animada, no borracha.

Lentamente, volvió a abrir los ojos y John seguía allí, esperando pacientemente.

Ella asintió.

"Necesitas decirlo, Anytha", insistió Brian suavemente.

"Di lo que quieras de nosotros", agregó John, "de los dos".

Ella tragó saliva.

"Quiero que me hagas el amor".

"Nosotros dos."

La respuesta de John fue una declaración, no una pregunta, pero ella respondió, de todos modos.

"Si."

Ella asintió ansiosamente, e instantáneamente, su sujetador se aflojó y las manos de Brian estaban en el borde de su camiseta, levantándosela lentamente, saboreándolo.

"Levanta los brazos, Anytha", le indicó, y ella lo hizo, inclinándose hacia atrás para que él pudiera alcanzarla y liberarla.

Antes de que ella volviera a bajar los brazos, John se había movido entre sus piernas.

Sus dedos sostenían los tirantes de su sujetador, tirando hacia abajo y hacia adelante.

En el momento en que se liberó de sus brazos, se encorvó, cruzando los brazos sobre su pecho, tratando de recordar si estaba en su fase de senos pequeños o si todo lo demás era demasiado grande.

John agarró sus muñecas con firmeza y apartó severamente, pero con delicadeza sus brazos, empujando sus manos hacia el sofá.

"Eres hermosa en todos los sentidos, Anytha".

Su rostro se acercó al de ella y sus labios rozaron la punta de su nariz, y luego sus labios.

Las manos de Brian giraron para ahuecar sus senos, y cuando John se retiró un poco, Brian usó esas manos para acurrucarla contra su pecho.

Entonces los labios de John estaban en su pezón derecho, chupando con hambre y lamiendo.

Los dedos de Brian tiraban y pellizcaban su pezón izquierdo.

Su espalda se arqueó y su cabeza cayó sobre el hombro de Brian.

Sus suaves besos aterrizaron como lluvia sobre su cuello y hombro, sus dientes mordisquearon suavemente el lóbulo de su oreja.

El contraste del suave toque de los labios de Brian y su ávido asalto a sus senos era casi insoportable.

Ella se retorcía, preocupada de que pudiera lastimar a Brian, pero él se aferró a ella e incluso se rió cuando ella gimió en voz alta.

Cuando pensó que no podía soportarlo un momento más, John se echó hacia atrás y sus dedos se metieron en la ancha cintura de sus pantalones.

Él se detuvo allí, sin moverse y ella levantó la cabeza para encontrar sus ojos en ella, aparentemente esperando el permiso.

Ella asintió, e inmediatamente, él estaba bajándole los pantalones elásticos y quitándolos de las piernas.

"Muy hermosa", Brian respiró en su oído.

"Espera", dijo John. "Se pone aún mejor".

Él torció sus dedos en sus bragas y nuevamente esperó el permiso.

Anytha estaba temblando de anticipación cuando ella asintió.

John fue mucho más lento esta vez, revelando su montículo, luego los labios de su coño con un cuidado tan insoportable que quería gritar de frustración.

Debe haberse dado cuenta porque se rió mientras le quitaba las bragas del resto del camino.

Antes de que sus pies pudieran aterrizar nuevamente en el sofá, sus piernas fueron arrojadas sobre los hombros de John y él ya estaba en su coño.

Su lengua separó sus labios.

"Ey", protestó Brian, "Ese es mi trabajo".

"Solo quiero probarlo", le aseguró John, sus labios murmurando contra los de ella.

Luego su lengua se hundió profundamente, lamiéndola y ella jadeó y se retorció hasta que él levantó la mano para sujetarle las caderas.

Cuando finalmente se retiró, se lamió los labios y miró a Brian.

"Dios, está tan mojada. Esta chica lleva demasiado tiempo sin un buen polvo".

"Bueno, maldita sea, déjame tener mi turno", murmuró Brian.

"Todo tuya", asintió John alegremente, y de repente sus dos pies estaban en el suelo.

El fuerte brazo de John la tenía alrededor de la cintura, levantándola y girándola como si no pesara nada y luego se acomodó en su regazo, sintiendo su erección contra su trasero y sus manos masajeando y acariciando sus senos.

Mientras tanto, Brian ya se había posicionado para un asalto frontal completo en su coño.

Él lamió burlonamente sus labios exteriores, luego comenzó a pasar la lengua arriba y abajo entre ellos, ocasionalmente con un ligero contacto en el clítoris que la hizo jadear y sonreír.

Se dio cuenta de que él sabía exactamente lo que le estaba haciendo.

También sospechaba que él estaba esperando que ella suplicara por más.

"Por favor, Brian. Me estás torturando aquí". Ella se retorció para mayor énfasis.

"¿Más duro, más rápido o más profundo?" preguntó con una amplia sonrisa.

"Todo lo anterior", gimió.

Ella vio que sus ojos se movían hacia los de John, y las manos de su hermano se movieron repentinamente de sus senos para agarrar sus muslos justo por encima de sus rodillas.

Él los estaba separando, exponiéndola completamente a la lengua exploradora de Brian.

Justo cuando Anytha comenzó a sentirse vagamente avergonzada de estar tan expuesta, Brian hundió la lengua en su interior y la intensidad de su lengua cálida y viva en su coño apretado, ansioso y sin usar, borró todo lo demás de su mente.

Ella giró la cabeza hacia atrás contra John.

La esquina de su cuello y hombro, repentinamente dentro del alcance, hundió ansiosamente los labios y luego los dientes en su piel febril.

Ella comenzó a alternar entre fuertes gemidos y palabrotas.

Brian se movió de su coño a su clítoris y comenzó a chupar y sacudir con su lengua ágil.

Solo pasaron unos instantes antes de que soltara un sollozo estrangulado y se sacudiera contra el fuerte agarre de John y la persistente lengua de Brian.

Justo cuando comenzaba a bajar del explosivo orgasmo, Brian hundió un dedo en su coño y comenzó a trabajar su punto g hasta que explotó nuevamente.

Su espalda se arqueó casi dolorosamente.

Nunca se había venido dos veces seguidas antes, y estaba bastante segura de que se iba a derretir en un charco cuando Brian se apartó finalmente y John soltó sus piernas y giró la cabeza para besarla suavemente, acunando su mejilla en su gran mano.

Cuando finalmente la liberó del beso, ella miró a su alrededor para darse cuenta de que Brian había vuelto a su silla de ruedas. "

Suficiente juego previo", afirmó. "Al dormitorio".

CAPÍTULO 6

Anytha quería decir que, si eso era un juego previo, no estaba segura de poder sobrevivir al acto sexual, pero se encontró atrapada en los brazos de John y siendo llevada detrás de la silla de Brian.

Cuando la sentó en el borde de la cama, ella descubrió que él también había logrado llevar su vino.

Se lo entregó con un guiño.

"Necesitarás esto para tomar fuerzas", dijo John.

"Tenemos la intención de ser despiadados", agregó Brian, que ya se estaba desnudando.

Ella observó con asombro cómo él fácilmente se quitaba la ropa y luego se inclinaba sobre la cama.

También notó que la cama ya había sido preparada.

¿Estaban tan seguros de seducirla o tan esperanzados?

Miró tímidamente a Brian mientras él se apoyaba contra una almohada en la cabecera de la cama.

"¿Hay algo que pueda hacer por ti?" ella preguntó.

No fue difícil ver que su polla estaba algo hinchada, si no dura.

Él sonrió dulcemente y sacudió la cabeza.

"No podría sentirlo si lo hicieras. Puedes complacerme mejor disfrutándolo".

"Oh, después de todo lo que has hecho, no creo que me pueda venir más ..."

"No acepto un no por respuesta", dijo John, arrastrándose detrás de ella y mordisqueándole el hombro.

Ella se rió ante el cosquilleo de sus dientes.

"Entonces, ¿qué puedo hacer por ti? ¿Quieres que te la chupe? No soy muy buena, pero ..."

"Déjame adivinar. Tu ex idiota te dijo eso", dijo Brian, prácticamente gruñendo.

"Um ..."

"No quiero arriesgarme a venirme demasiado pronto", interrumpió John. "Me imagino que puedo hacerte venir al menos dos veces más. Tres si me lo propongo".

"Vas a tener que darle algo de tiempo", advirtió Brian. "Ella es tan apretada como el tío del Cuento de Navidad".

"Bien", admitió John. "La tienes lista y dejaré que me muestre lo horrible que no es".

"YO..."

"Shhhh. nena".

John le llevó la copa de vino a los labios hasta que tomó varios sorbos, luego se estiró y la dejó sobre la mesita de noche.

Palmeó la cama.

"Manos y rodillas. Apuntas ese coño juguetón que tienes allí donde el señor Brian pueda ir a trabajar en él.

Anytha sofocó otra risita, sintiéndose algo tonta mientras intentaba posicionarse con su coño al alcance de Brian.

La ayudó a seguir, acercándola hasta que sus pies se apoyaron contra la cabecera sobre la que estaba apoyado.

Cuando estuvo satisfecho, asintió con la cabeza a John, que se instaló frente a Anytha para que ella pudiera inclinarse y tomar su erección muy grande y muy dura en su boca.

Su polla era proporcional a sus hombros y pecho, más grande que cualquier otra que hubiera visto antes, pero estaba decidida a complacerlo, a devolverle el placer.

"Hazlo", dijo con una sonrisa alentadora, inclinándose, echando los brazos hacia atrás.

Anytha suavemente lamió y provocó la cabeza de su polla, luego la persiguió con su lengua.

Mientras John usó una mano alrededor de la base para provocarla a cambio.

Cuando finalmente lo capturó en su boca, fue recompensada con un suspiro de satisfacción de John y un dedo repentino en su coño de Brian.

Ella trató de concentrarse en chupar y lamer a John, pero fue muy desconcertante tener el largo y grueso dedo de Brian explorando libremente su interior.

Cuando él comenzó a frotar la pared frontal de su vagina, fue como una mini explosión de placer.

Ella gruñó sorprendida, lo que pareció complacer a John.

Él flexionó sus caderas para empujar un poco más profundamente en su boca, y giró la cabeza hacia atrás.

Anytha acababa de comenzar a acomodarse en un ritmo de bombeo hacia arriba y hacia abajo en el miembro de John cuando sintió que un segundo dedo penetraba su coño.

Luego ambos exploraron por todos lados, ocasionalmente buscando su punto G, o bombeando dentro y fuera, pero ella comenzó a sospechar que estaba tratando de evitar llevarla al orgasmo; guardando eso para su hermano.

No podía creer la presión que se acumulaba en su vientre.

Que posiblemente podría volverse tan excitada de nuevo, pero se encontró empujando hacia atrás contra sus dedos, buscando aún más estimulación.

Finalmente le abofeteó la mejilla del culo juguetonamente.

"Soy el médico, aquí. Y yo digo cuándo".

Anytha gimió y John jadeó, liberándose de su boca.

"¡Maldición, mujer! Si tu ex te hubiera hecho gemir de esa manera, seguro que no se habría quejado de que le chuparas la polla". Se dejó caer en la cama dramáticamente. "Podría tener que darme una ducha fría".

"Hombre", dijo Brian, deslizando un tercer dedo hacia Anytha.

Ella jadeó y él la calmó.

"Dale un minuto. Tu ex también debe haber sido endeble, además de todo lo demás. Respira, cariño".

Él comenzó a frotar su coxis, que su masaje anterior había indicado que era una de sus zonas erógenas.

Cuando él comenzó a sentir su coño aferrándose a sus dedos, tratando de jalarlos más profundamente, asintió con la cabeza a John.

"Ella está lista para ti. Pero tómatelo con calma".

Sacó los dedos lentamente, y ella sintió que la levantaban y la volvían a girar como si no tuviera peso.

Se sintió como si un enorme agujero vacío hubiera aparecido repentinamente en su vientre, y su respiración llegaba en jadeos desiguales.

Todavía sobre sus manos y rodillas, pero ahora frente a Brian, sintió a John presionando la entrada de su coño.

Ella presionó hacia atrás, a pesar del dolor mientras él la estiraba aún más, desesperada por llenar el vacío.

De repente, John la agarró por las caderas y la arrastró el resto del camino hacia la cabeza de su polla.

Anytha respiró hondo y contuvo el aliento.

Ella levantó la cabeza.

Brian miraba a John con los ojos entrecerrados.

Luego miró a Anytha con preocupación.

"Respira, cariño. Entra y sale".

"Entendí esto", dijo John, aparentemente para tranquilizar a Brian. "Anytha, no me voy a mover hasta que estés lista. ¿De acuerdo? Solo házmelo saber".

Sin embargo, pensó que lo sentía temblar con el esfuerzo de quedarse quieto.

Pero luego, tan repentinamente como había llegado el dolor, desapareció y la desesperada necesidad de llenar el vacío había regresado.

Anytha empujó hacia atrás tan fuerte como pudo, pero sintió que John retrocedía alarmado.

"¡Anytha, no! Tómatelo con calma. No quiero desgarrarte".

Ella lo intentó de nuevo, y él retrocedió nuevamente, su agarre en sus caderas ahora empujando en lugar de tirar.

"Lento, cariño", advirtió Brian, alcanzando sus brazos para empujarla hacia adelante.

Anytha sacudió la cabeza con frustración.

"Necesito que me llenes. He estado vacía tanto tiempo. ¡Por favor, John!"

Su agarre en sus caderas se apretó.

"Está bien. Voy hacia ti. Déjame marcar el ritmo, ¿de acuerdo? Voy a presionar un poco más, luego retroceder. Lo haré varias veces para extender tus jugos, luego lo llenaré. Lo prometo. ¿De acuerdo?

Brian la estaba agarrando de los brazos ahora.

"Anytha", dijo, tratando de llamar su atención.

Ella buscó.

El sudor humedecía su cabello y lo retorcía en rizos.

"Su pollón es casi tan grande como su ego. Sabe cómo hacer esto bien. Deja que te cuide".

Ella asintió, preparándose contra su propia necesidad.

John empujó una pulgada, luego se deslizó fácilmente hacia atrás dejando solo la cabeza adentro.

Sus jugos se estaban extendiendo, cubriendo su miembro.

Tomó unos centímetros más adentro y afuera.

Luego empujó lentamente hasta llegar al final de ella.

Anytha dejó escapar un profundo suspiro.

Nunca se había sentido tan llena y tan satisfecha.

Comenzó a moverse hacia adentro y hacia afuera, lentamente al principio, y ganando una fracción de pulgada de profundidad cada vez.

Cada vez que llegaba al final de ella, volvía esa sensación mágica de estar llena y completa.

Y cada vez era más fuerte y la presión explosiva que se había estado acumulando en ella se acercaba a la superficie.

Y entonces él estaba completamente adentro, sus bolas descansaban contra su clítoris, su respiración era tan irregular como la de ella.

Anytha miró a Brian a los ojos y él asintió y soltó sus brazos.

Anytha empujó hacia atrás contra John, a pesar de que no había más polla para tomar.

Miró a Brian y luego ajustó sus manos en sus caderas.

Él se retiró lentamente y luego se estrelló contra ella, incluso cuando ella retrocedió para encontrarse con él.

Entonces se movían en concierto y Anytha jadeaba cada vez que sus bolas golpeaban su clítoris.

John luchó por contener su orgasmo incluso mientras ella luchaba por liberar el suyo.

Tenía los ojos cerrados con fuerza, sus sentidos completamente envueltos alrededor de lo que estaba sucediendo en su vientre.

De repente, Anytha se dio cuenta de los poderosos dedos de Brian.

Dos estaban masajeando cada lado de su clítoris, al ritmo del movimiento de los golpes de John.

Los dedos de su otra mano estaban presionando y frotando los hoyuelos al lado de su coxis.

Como si se hubiera hecho una conexión de circuito eléctrico, todo explotó a la vez dentro de ella.

Cayó de bruces sobre la cama y gritó sobre el colchón cuando una ola de oleadas de orgasmo se disparó a través de su propio ser.

Ella era vagamente consciente del ritmo de John vacilante cuando él también se vino, pero luego él estaba bombeando contra ella nuevamente, sosteniendo sus caderas contra sus empujes, tratando de prolongar su orgasmo.

CAPÍTULO 7

Anytha se despertó en algún momento de la madrugada, acurrucada entre los dos hombres y sintiéndose más completa que nunca.

Su brazo rodeaba al hombre frente a ella y estaba totalmente avergonzada al darse cuenta de que no sabía si era Brian o John.

No fue hasta que el hombre detrás de ella se movió y acurrucó sus rodillas contra las de ella cuando ella pudo estar segura.

Ella sonrió felizmente al decidir que era un maravilloso dilema.

Cuando todos finalmente se levantaron de la cama un rato después, y Anytha se vistió y se preparó para regresar a su propio departamento, Brian dijo:

"Sabes, podemos cenar juntos todos los viernes por la noche. Si estás interesada".

"Es una promesa", dijo, girando el picaporte la puerta y dando un brinco a su paso.

FIN

DOMINANDO A SUSAN
EL NUEVO TRABAJO
(DOMINANDO A SUSAN VOL.1)
ERIKA SANDERS

PRÓLOGO

Robert es un maduro hombre de negocios exitoso, casado y con un hijo de la misma edad que Susan.

Sus familias han sido amigos cercanos durante muchos años y él la había visto convertirse en una joven encantadora.

Él siempre había mostrado una amistad abierta hacia la chica y, a lo largo de los años, la había hecho consciente de su afición por ella.

En secreto, su relación amistosa y su cariño por la chica ocultaban sus muchos deseos oscuros, sin ninguna oportunidad de hacerlos realidad.

Su sumisión total hacia él era el único sueño, en sus pensamientos más oscuros y que deseaba que se hicieran realidad.

Susan es una chica, recién graduada, con un título en negocios en su mano y ansiosa por experimentar el mundo.

A punto de comenzar su primer trabajo real, un puesto ofrecido por Robert, amigo de la familia, por respeto a su padre y reconocimiento de sus habilidades.

Pero también, sin que ella lo supiera, alimentado por su deseo de poseerla.

Ella es una chica agradable, sensual pero dulce que ha tenido el mismo novio, Peter, desde su primer año de universidad.

Son aventureros, pero nunca perturban su mundo.

Ella sabe lo que quiere, o cree que lo sabe, pero realmente es bastante obediente dejando que otros la guíen por los caminos de su vida.

EL NUEVO TRABAJO

Se para frente al edificio, y sus ojos contemplan la fachada de acero y vidrio.

Observa a todos los hombres y mujeres bien arreglados y apresurados entrar y salir de la entrada.

Mira su propio traje de falda corta, reanuda el paso, y entra.

Se siente pequeña y un poco intimidada por los hombres que se elevan por encima de su estatura de un metro sesenta mientras sube al elevador y entra en el negocio de su nuevo empleador.

Mirando a su alrededor, lo ve en el mostrador de recepción hablando con una bomba de mujer rubia y riendo coquetamente, y su sonrisa iluminando su rostro mientras la gira hacia ella.

Ella se sonroja sin saber por qué y se mueve hacia él con los tacones haciendo clic en el suelo de baldosas.

El brazo de él le rodea protectoramente sus hombros mientras la presenta a la chica del escritorio.

"Anne, esta es mi pequeña Susy!"

Ella se sonroja, luego se endereza y extiende su mano.

"Hola, en realidad mi nombre es Susan, gusto en conocerte".

Él la dirige con la mano constante sobre su hombro a varios departamentos y a otros ejecutivos.

La presenta como Susan, por lo que está agradecida, y que quiere poner sus mejores maneras en este mundo de gran rivalidad.

Ella permanece cerca de él durante toda la mañana tratando de memorizar una gran variedad de nombres antes de que finalmente la lleve a su suite de oficina.

Él la muestra el escritorio en la antesala que será suyo la mayor parte del tiempo que ella esté aquí.

Ella guarda su bolso y pasa los dedos suavemente sobre los muebles bien elegidos.

Es llevada a su oficina donde él le señala con la mano a los opulentos muebles oscuros, todos de cuero y caoba.

"Y aquí es donde trabajo".

Dejando su lado por primera vez, él se sienta en su escritorio.

Ella se siente extrañamente sola parada en esta gran oficina ante él.

Tomando algunas llaves, continúa hablando:

"A la izquierda, detrás de la salita de recreo, encontrarás una puerta a una pequeña cocina. Esta a menudo entretiene a los clientes. El refrigerador de la barra debe permanecer abastecido siempre con lo que aparece en la lista, y además hay un menú. Debes aprender a cocinar todos los platos, en caso de que el cocinero no esté disponible. Lo pondré en tu programa de entrenamiento ".

Se había movido rápidamente detrás de ella empujándola hacia la puerta y abriéndola.

Con los ojos muy abiertos y sobrecogida por el tamaño de la compañía y las oficinas que poseía, todo lo que puede hacer es asentir tontamente.

"Eso será así. "

"Sí, señor", dice él con una sonrisa, pero la severidad de su voz la sacude.

"Sí, señor ". Ella responde automáticamente.

Tomándola del brazo, él se mueve fuera de la cocina y la lleva a otra alcoba con la puerta en la misma pared.

"Y este es mi baño privado, puedes usarlo, pero solo con mi permiso, ¿entiendes, Susy?"

Ella asiente de nuevo sin palabras ante la opulencia de este baño, recuperándose cuando lo siente ponerse rígido, balbuceando:

"Sí, señor".

Él sonríe ante su obediencia.

"Utilizará el baño de empleados en el pasillo si tiene necesidades y yo no estoy aquí"

Ella es más rápida esta vez.

"Sí, señor".

En el otro lado de la habitación, dos alcobas similares con puertas que él les muestra.

"Esta es una sala de reuniones privada", ella mira rápidamente mientras él la apresura "... y aquí es donde descanso si necesito pasar la noche en la ciudad ".

La habitación estaba oscura y se vislumbraba una gran cama con dosel y bancos extraños en la gran sala.

Apenas tuvo tiempo de percibirlo antes de que le cerrara la puerta.

La lleva de vuelta a su escritorio, enciende la computadora y le muestra el servicio de mensajería personal desde su oficina a su computadora que siempre debe estar encendida y abierto.

Contento con los "Sí señor" apropiados en los momentos correctos y su inclinación natural a ser servicial, la deja en el escritorio para que se familiarice con su nuevo entorno.

Él pone a prueba su atención enviándole pequeños mensajes instantáneos y se sonríe ante sus respuestas inmediatas mientras ella lee las tareas y los distintos horarios que le quejaron en su escritorio.

LA OCUPACIÓN REAL

Él fue paciente y amable mientras ella se familiarizaba con su nuevo trabajo dentro de su compañía.

Hablaba con ella a menudo a través de la pantalla de mensajería instantánea durante los momentos en que no estaba en reuniones, o fuera de la empresa, preguntándole acerca de su familia, amigos, por cómo iban las cosas con su novio, haciéndola sentir a su vez su cariño e interés genuino en su vida.

Durante las primeras semanas, muy ocupadas de su entrenamiento, se tomó el tiempo de consultar con ella y ajustarle el horario si fuera necesario, convirtiéndose en su mentor, su amigo y, a veces, una figura paterna severa.

Bromeaba con ella, jugaba y charlaba amigablemente.

Las conversaciones poco a poco se volvían más íntimas a medida que pasaba el tiempo.

Jugaron a verdad o reto, a menudo, a través de la computadora, y en el juego sus preguntas se volvieron más personales y directas.

Luego se detuvo mientras leía su última respuesta.

Había esperado que sucediera algo así, pero nunca esperó realmente que sucediera.

Aquí estaba jugando a la verdad y aquí estaba la ocasión de atreverse con ella otra vez.

Ella siempre elegía la verdad ... y acaba de confesar una nalgada de su novio, y que le había gustado.

Con eso, iba a comenzar a hacer realidad su sueño.

Sabía que probablemente nunca volvería a jugar a esto con él de nuevo, y casi retrocedió, pensando que ella quería dejar de hacerlo, o peor aún, decírselo a alguien de la compañía y luego a su familia.

Sin embargo, tenía que seguir adelante.

Su deseo sostenido por mucho tiempo lo condujo, y comenzó a escribir.

Ella no había elegido atreverse, pero él continuó escribiendo...

* * *

"Te reto a que me dejes azotarte, Susy".

Ella fijó la vista, no podía creer lo que estaba leyendo.

Se había acercado a él, lo adoraba y la forma en que la cuidaba y la hacía sentir tan especial, casi como su fuera su padre.

Quizás estaba bromeando con ella otra vez, sin creer lo que ella le había contado sobre su cita la noche anterior.

Su mente dio vueltas al pensar en cómo se había sentido recibiendo una nalgada por parte de su novio y se retorció en su asiento al darse cuenta de que necesitaba responder.

Miró fijamente la pantalla, el cuadro de mensaje estaba en blanco, de momento, esperando su respuesta.

* * *

Él comenzó a asustarse, pero luego vio que ella estaba escribiendo.

Su corazón latía rápido, y se asustó el pánico, antes de que finalmente viera lo que ella estaba escribiendo.

"Sí señor."

Tecleó rápidamente, empujándola a actuar a ella y a su suerte:

"Entonces entra en mi oficina y cierra la puerta. Cuando entres a mi oficina obedecerás todas mis órdenes, te acostarás sobre mi regazo sin hablar y te someterás a mis nalgadas".

* * *

Ella parpadeó ante su respuesta.

Este juego se estaba volviendo serio, pero era solo un juego, ¿verdad?

¿La estaba probando?

¿Debería retroceder?

Ambos estaban nerviosos y tensos por sus propios motivos, pegados a la pantalla de la computadora.

Ella no quería ser la primera en retroceder y que él se burlara de ella.

Ella escribió:

"Sí, señor".

***

"Entonces ven a mi oficina, Susy, y cierra la puerta".

No hubo respuesta, pero ella entró rápidamente a su oficina y cerró la puerta como un conejo asustada, incrédulo de lo que acababa de aceptar, pensando que todavía estaba jugando con ella.

Se sentó aparentemente impasible mientras su cuerpo le dolía por ella, al ver su miedo, la confusión y el calor en sus ojos que la hizo continuar.

"Mi regazo espera"

Ella dio un paso adelante y él levantó la mano, se detuvo a medio paso.

"Estuviste de acuerdo en obedecerme entrar en esta habitación, ¿no?"

Visiblemente temblando, ella susurró:

"Sí, señor".

Él señaló el suelo, se estaba envalentonando, y gruñó,

"Arrástrate hacia mí".

Observó cómo veía las emociones jugar en su rostro, renuencia, miedo, temor, emoción y finalmente sumisión.

Dejó escapar el aliento que estaba conteniendo mientras veía el comienzo de su sueño hacerse realidad, su pequeño cuerpo cayendo de rodillas y luego a sus manos mientras ella comenzaba a gatear hacia él.

Sintió que su polla se agitaba al verla.

Era suya finalmente, aunque solo fuera por esta tarde.

***

No podía creer que estaba haciendo esto, este hombre que había conocido toda su vida estaba a punto de azotarla realmente.

El juego había ido demasiado lejos, pero ¿por qué no lo estaba deteniendo?

¡Ella se da cuenta de que lo quería!

Oh, Dios, ¿ella lo quería?

¿Había algo mal con ella?

¿Por qué se sentía así?

Sus ojos se clavaron en su fuerte cuerpo en su gran silla cuando ella alcanzó sus pies y deslizándose como una serpiente se movió en su regazo.

Sabía que estaba mal, pero no podía evitarlo.

Sin palabras, sin discusión, sin acariciarla por ser una buena chica, la mano se estrelló contra su trasero con fuerza, y ella chilló.

***

Miró al hermoso ángel que se arrastraba hacia él, su mente yendo a los lugares más oscuros y teniendo que retroceder, tan joven e impresionable que no se da cuenta de su valía.

Él usaba toda su fuerza de voluntad para permanecer impasible mientras ella se desliza sobre su regazo, seguro de que puede sentir esta dureza en su estómago mientras él le levanta la falda, revelando una tanga rosa, levanta la mano y la golpea con todas sus fuerzas.

Si solo por esta vez la disfrutara.

Observa cómo sus músculos tensos se ondulan bajo el ataque y las huellas su mano brillan en rojo sobre su piel blanca.

Ella chilla y jadea:

"Ohhhhh esoooo dueleeeeee".

Ella chilla y retuerce sus piernas pateando cuando él la azota de nuevo profundamente.

***

Pierde la cuenta de los azotes mientras el dolor llena su pequeño cuerpo y la calienta.

Se da cuenta del calor que comienza en su pequeño coño y la humedad en sus muslos mientras la azota.

Perdida en su calor y necesidad de gritar, pequeñas lágrimas surcan sus mejillas.

* * *

Su mano se adormece mientras la azota con fuerza saboreando la tensión de los músculos duros, sus gritos y súplicas para que deje de azotarlo mientras pinta su pequeño culo de un rojo brillante.

Se detiene cuando la ve mojada entre las piernas, increíblemente, su pequeño cuerpo espasmódico sobre su regazo.

* * *

Su mente se encerró en el poder de este hombre mientras jadea y chilla.

Mientras él continúa azotándola con fuerza y rápido, su cuerpo se hace cargo mientras su mente se tambalea, siente el calor y la necesidad acumulada de un novio demasiado inepto y perdida en la sensación que ella se corre, se pone dura y su orgasmo le cae a chorros sobre sus muslos con este simple azote.

Ella siente que él se detiene y se muere adentro.

Su vergüenza la llena mientras ella tiembla sobre su regazo, jadeando y sollozando.

El calor de su rubor llenaba su rostro, tan avergonzada, ¿cómo pudo haber hecho eso?

* * *

Él sonríe al ver su cara sonrojarse de vergüenza, la mantiene en su lugar, sabiendo que este es su momento.

"Durante la próxima semana, te convertirás en mi esclava. Esta será tu ocupación real. Me obedecerás en todo lo que yo te mande. Te mantendrás a la vista todo el tiempo y me pedirás permiso para irte si es necesario, aunque solo sea para ir al baño. Te poseeré y me obedecerás. Al final de una semana hablaremos de esto nuevamente ".

***

Acostada en su regazo sintiendo el orgasmo de sus nalgadas, ella escucha sus palabras.

Es una declaración, no una pregunta.

Se da cuenta de que no le ha dado opciones.

Ella inclina la cabeza avergonzada, temblando por lo que acaba de hacer.

Y ella gime:

"Sí señor"

LA HISTORIA CONTINUA EN EL PRÓXIMO VOLUMEN: LAS REGLAS

CONAN EL BÁRBARO
VOL.1
ERIKA SANDERS

El sol brillaba sobre la ciudad de Tarantia cuando el pequeño grupo redondeaba la cima de la colina.

Las torres blancas, las cúpulas de cobre y los minaretes brillaban a la luz del sol, dándoles la bienvenida después de su largo viaje.

Las últimas semanas habían sido emocionantes, peligrosas, ya que habían explorado catacumbas perdidas en busca de un tesoro, defendiéndose de monstruos y espíritus malignos para obtener su premio.

De hecho, que eran las monedas que ahora cargaban sus mochilas.

Conan miró a sus colegas, compañeros acérrimos en las batallas que habían enfrentado, y muchas más anteriormente.

Lady Yasimina era la líder del grupo, a pesar de sus orígenes extranjeros.

Nacida en la aristocracia en algún lugar del sur, más allá del río Estigio, no se parecía en nada a los nobles de Tarantia o sus ciudades vecinas.

Su cabello rubio hasta los hombros estaba libre al aire, ya que se había quitado su casco, y sus labios pálidos formaron una sonrisa al ver la ciudad por delante.

Podría ser una extranjera, pero Tarantia se había convertido en un hogar para ella también en los últimos años.

Con el polvo del viaje y el calor de las batallas pasadas, solo su porte real ahora marcaba su ascendencia noble, pero una vez que ya habían regresado, no cabía duda de que ella podría volver a moverse entre la nobleza sin problemas por su conocimiento de la etiqueta requerida, lo que hace ideal alguien ideal como portavoz del grupo.

Mucho más que un bárbaro como Conan.

En contraste con Lady Yasimina que era musculosa y estaba fuertemente blindada, al lado de Conan estaba Valeria, era una hechicera elfa, armada solo con una daga metida en su cinturón.

Ella llevaba ropa de viaje ahora, por supuesto, pero para mañana, él estaba seguro de que estaría vestida con ricas ropas que complementaban su belleza.

Tan pálida y rubia como Yasimina, su cabello era largo, actualmente atado en una larga cola de caballo para revelar los puntos altos de sus orejas.

Había vivido entre los bosques de las islas del sur durante gran parte de su vida, lo que tal vez explicara su expresión extraña a medida que se acercaba la ciudad.

Pero parecía, pensó Conan, tranquila y relajada.

Quizás para ella, como un elfo, esto fue solo el final de otro viaje, una pausa entre viajes, en lugar de un verdadero regreso a casa.

Zula, la tercera de las mujeres, parecía la más feliz.

La pequeña duende se sentó hacia delante en la silla de montar del pony, con los ojos fijos en la ciudad por delante.

Ya se había esforzado por arreglarse antes de la llegada, quitándose el polvo de la ropa, e incluso ahora, enderezó su túnica rojiza y se pasó una mano por el corto cabello castaño.

Parecía estar anticipando el regreso a casa más que los demás, y Conan pensó que a menudo esto parecía ser así.

Sabía que los duendes eran amantes de la familia y el hogar, y aunque Zula no tenía parientes vivos que él conociera, tal vez, para ella, este era su hogar, el lugar donde se sentía más cómoda.

Ciertamente, ella era una nativa de la ciudad, como él.

Como de costumbre, Snagg era el más difícil de leer.

El enano era taciturno, como todos sus parientes, y su rostro no mostraba ninguna emoción ahora.

Su armadura era pesada y estaba maltratada, ya que se había llevado la peor parte en los combates de las últimas semanas, y se habría visto herido o peor, si no hubiera sido por la magia curativa de Yasimina.

Los ojos oscuros bajo las cejas espesas permanecían fijos en el camino por delante, ensimismado es cualesquiera que fueran los pensamientos que los enanos a menudo mantenían para sí mismos.

Conan se dio la vuelta y miró hacia Tarantia.

Ahora aquel era su hogar, donde había crecido y aprendido lo que ahora es, mucho antes de conocer a los demás.

No tenía ninguna duda de que estaba contento de volver.

En poco tiempo, él lo sabía, volverían a lanzarse en busca de aventuras, y él disfrutaba esos momentos.

Pero la ciudad tenía muchos placeres que le eran negados en el camino.

Era un lugar civilizado, un lugar parecido a un santuario.

En los próximos días, habrá muchas cosas que hacer.

Tenía que asistir a la Escuela de Guerreros y reencontrarse con sus amigos y compañeros y para continuar con su entrenamiento.

Y, además, hacer sus meditaciones en la capilla del templo, donde, allí mismo, oraba a la deidad más cercana a su corazón: Muriela, la diosa del amor.

Pero, sobre todo, tendría tiempo para relajarse, para disfrutar de los baños públicos, la buena comida y el vino, para charlar en los mercados y, si Muriela accedía, encontrar compañía para pasar la noche.

***

La villa se encontraba cerca del lado oeste de la ciudad, no muy lejos dentro de la muralla.

Era un edificio grande, primero comprado y luego renovado, con el dinero que se habían ganado al realizar aventuras.

Conan y Zula habían insistido en eso; vivían en posadas mientras estaban en fuera, pero querían un lugar al que volver, una base de operaciones que realmente pudieran llamar suya.

Le tomó un tiempo restaurar el edificio a su estado actual, ya que se encontraba bastante deteriorado cuando lo compraron.

Pero por el resultado bien valió la pena el tiempo y el gasto.

El edificio central tenía dos pisos de altura, con, como muchos otros en la ciudad, un techo ancho y plano donde podían reunirse en el verano.

A cada lado había dos alas, una de las cuales contenía los establos.

Y entre las alas había un amplio patio, amurallado del resto de la ciudad.

Para los aventureros, contar con al menos algún nivel de defensa era algo natural, aunque estuvieran a salvo como deberían estar en Tarantia.

Yakin cerró las puertas cuando el último de los caballos entró en el patio.

Era un hombre joven, competente en su trabajo como administrador, pero no era un aventurero.

Lo habían contratado hacía un año, dándose cuenta de que alguien tenía que mantener la casa mientras estaban lejos en el desierto.

"¿Lo han hecho bien?" preguntó: "Veo que ninguno de ustedes está herido, ¡gracias a los dioses!"

Conan sonrió, desmontó y dio una palmada al joven en la espalda.

"Sí, lo hemos hecho bien. Debemos llevar este tesoro a la bóveda y luego limpiarnos. Vamos a requerir solo un almuerzo ligero; demos tiempo para que traigan algunos suministros frescos".

Miró a los demás a su alrededor.

También habían desmontado de sus caballos y ponis, estirando las piernas después del viaje.

Yasimina y Valeria se unieron a él para saludar a Yakin, pero Snagg solo asintió con la cabeza en su dirección, sin decir nada.

Zula parecía estar ocupada con las mochilas en su caballo, solo mirando de vez en cuando en su dirección.

Quizás ella pensó que algo se le había soltado...

Conan apartó el pensamiento de su mente.

"Te lo contaremos todo, esta misma tarde", dijo Yasimina, "pero yo, en primer lugar, estoy deseando un baño y algo de ropa limpia. Y, por la noche, ¿una buena comida, pudiera ser? ¿Estará todo listo?"

"Sí, mi señora", respondió Yakin, "y no ha pasado nada importante mientras estaba fuera, me complace decir que todo está como lo dejó".

"Pues ya ves," intervino Conan, "esta noche, creo que me gustaría ir a una taberna. Gastar un poco de ese dinero duramente ganado, ¡y recordar cómo es estar de vuelta en la ciudad! ¿Hay alguien que esté conmigo?"

Snagg asintió, gruñendo su asentimiento, pero las mujeres protestaron.

"No, creo que un poco de paz y tranquilidad me apetece más hoy" respondió Valeria. "Me quedaré aquí esta noche".

"Igual que haré yo", respondió Yasimina, que luego miró hacia el último miembro del grupo, que todavía no se había unido a ellos, "¿Qué hay de ti, Zula?"

"Oh ..." dijo la enana, como si estuviera un poco sorprendida, "no, no, creo que también me quedaré aquí. Yo, uh, creo que me acostaré temprano, de hecho. Yo me siento bastante cansada después de todo este tiempo acampando en tiendas".

Conan asintió. Sería, quizás, bueno pasar una noche con una compañía diferente durante un rato, habiendo estado de viaje junto con los demás durante tanto tiempo.

"Solo tú y yo, entonces, Snagg", dijo, y agregó: "trataremos de no ser demasiado ruidosos cuando regresemos. Pero primero, tenemos una tarde por delante ... y un hombre joven al que entretener. Con nuestras historias de aventura, ¿eh?

***

La posada La Copa de Oro estaba llena, como era habitual a esa hora de la noche.

Aunque el lugar alquilaba habitaciones, era tanto una taberna como una posada, por lo que, cuando las sombras comenzaron a alargarse afuera, mucha de la buena gente de Tarantia entraban a tomar una bebida antes de dirigirse a sus hogares.

Sin embargo, la clientela era generalmente respetable, por lo que había pocas posibilidades de una pelea o, por lo demás, de que ocurriera algo desagradable, como a menudo era el caso en las tabernas de otras partes de la ciudad en zonas menos recomendables.

Esta era la razón por la que a Conan le gustaba y, además porque los visitantes moderadamente ricos procedentes de fuera de la ciudad a menudo se alojaban aquí, por lo que también solía ser un buen lugar para encontrar trabajo.

Pero esa no era la razón por la que Snagg y él habían venido aquí esta noche.

Habían tenido bastante trabajo por el momento.

Quería relajarse y divertirse, al menos por una noche.

Encontró una mesa libre, y ambos se sentaron y pidieron una bebida.

La camarera, que no pudo dejar de notar, era bonita.

Ella tendría unos veinte y tantos años, con un pelo rizado que le llegaba a los hombros, del color de la arena dorada, los ojos marrones y una sonrisa de bienvenida.

Su camisa blanca de manga corta era escotada y revelaba un amplio escote.

Y su piel, por lo que podía ver, era preciosa y estaba ligeramente bronceada.

"Eres nueva", dijo, sonriendo mientras ella se acercaba con una bandeja de bebidas, "¿cómo te llamas?"

"Livia", dijo simplemente, regalándole con una sonrisa llena de hermosos dientes blancos.

Mientras lo hacía, notó que sus ojos se movían sobre él, absorbiendo su cabello oscuro, su barba corta, y lo que él esperaba era un cuerpo atlético y razonablemente delgado, debido a un trabajo que a menudo lo mantenía ejercitado.

Su mirada se cernió ligeramente sobre sus orejas, ligeramente puntiaguda, y mostrando su herencia de medio elfa.

"Llevo trabajando aquí un par de semanas, pero no le he visto antes. ¿Viene a menudo?"

Puso un par de jarras sobre la mesa, mirando brevemente a Snagg, pero luego, aparentemente sin ver nada de interés, se volvió de nuevo hacia Conan.

"Mi nombre es Conan", respondió él, "y en realidad vivo cerca. Pero Snagg y yo hemos estado lejos últimamente, fuera de aquí".

"¿Un aventurero?" ella dijo, sonando impresionada, "o un comerciante, ¿tal vez?"

"Lo primero, y me atrevo a decir que podría tener muchas historias interesantes para contarte, si tienes tiempo".

Snagg levantó los ojos ligeramente ante el comentario.

Sin duda, para un enano, incluso esto fue un poco demasiado lanzado.

"Más tarde, tal vez", dijo Livia, "hay otros clientes".

Otra rápida sonrisa, y ella desapareció de nuevo entre la multitud.

"Bueno, amigo mío", dijo Conan, volviéndose hacia su compañero aventurero y levantando su jarra "¡Por nuestras recientes victorias!"

Y a medida que avanzaba la noche, intercambiaron historias de sus recientes aventuras, y un pequeño grupo comenzó a reunirse alrededor de la mesa.

De algunos, Conan sabía que eran contactos y amigos que también frecuentaban esta taberna, pero algunos otros eran personas a las que reconocía vagamente, como mucho.

Snagg se volvió más voluble cuando bebió más cerveza, pero el guerrero no vio razón para frenarlo.

Hablaba más de peleas y escapadas cercanas a la muerte que de riqueza y tesoros, y ¿de qué servía ser un aventurero si no podías jactarte un poco?

Además, su atención a menudo estaba en otra parte.

Cuando Snagg se lanzó a una historia sobre una lucha contra un no-muerto en la sombra, Conan miró a Livia.

Había notado que había prestado atención a las historias, y sus ojos estaban más en él que en el enano, independientemente de quién hablara.

En este momento, sin embargo, estaba inclinada para buscar una jarra de detrás de la barra.

Su falda verde caía hasta la mitad de la pantorrilla, por lo que podía ver poco de sus piernas, pero su culo estaba bien redondeado.

Se lo imaginó sin la falda, cómo se sentiría en sus manos ahuecadas ...

"¿Y entonces...?"

"¿Hmm?" se volvió hacia Snagg, consciente de que había estado mirando a otro lado, y había perdido el hilo de la conversación.

"Dígales lo que hizo a continuación", le incitó al enano, "después de que el frasco de Yasimina se hubiera caído al pozo".

Él obedeció, regresando a la historia, y olvidándose momentáneamente de Livia.

Pero entonces ella apareció en el otro lado de la mesa, limpiando una mancha en su camino.

Se inclinó mientras lo hacía, muy deliberadamente, pensó él, dando una visión clara y sin obstrucciones de la parte superior de su camisa, y de los montículos de sus pechos sobresaliendo sobre su escote.

Se aclaró la garganta, "de vuelta a ti ..." le dijo a Snagg.

Livia le mostró esa sonrisa otra vez, deslizándose alrededor de la mesa hasta que estuvo a su lado, acercando su hermoso muslo contra su mano.

No pudo ser un accidente, por lo que él deslizó subrepticiamente su mano hacia arriba, sintiendo la forma de su cuerpo a través de la gruesa tela de su falda, dándole un ligero apretón a la nalga.

Ella no dijo nada, y todos los demás miraban hacia Snagg en ese momento.

Miró hacia ella, y ella levantó los ojos hacia el techo, en dirección a los dormitorios de la posada, y le guiñó un ojo.

Él asintió en silencio, y luego ella se fue, de vuelta hacia el bar y a otro grupo de clientes.

***

Conan paseaba por la habitación oscura.

La luna mayor se elevaba hacia afuera, proyectando su luz plateada sobre la ciudad, y una parte se derramó a través de la pequeña ventana.

La tarde había llegado a su fin, y Snagg se había marchado, regresando solo a la villa.

Parecía resignado por eso, no particularmente sorprendido, pero tampoco aprobándolo.

Los enanos, después de todo, no adoraban a Muriela.

Conan ya se había desnudado hasta la cintura y se quitó las sandalias, con su ropa ahora doblada en una silla en la esquina.

La habitación contenía sólo una cama y una mesa pequeña.

No era una de las habitaciones más elegantes de la posada, pero eso realmente no importaba.

No había espejo, pero el guerrero alisaba su cabello de todos modos, tratando de verse lo mejor posible.

Podía oír que se estaba limpiando escaleras abajo, ahora que los últimos invitados se habían dirigido a sus casas o habían subido a sus habitaciones.

Hubo un golpe silencioso en la puerta, y rápidamente se acercó para abrirla.

Livia se quedó enmarcada en la puerta, sosteniendo una vela en un plato pequeño en una mano.

La luz de las velas iluminó su rostro y su pecho, su cabello rizado proyectando sombras, sus labios ligeramente separados e invitantes.

"Estaba empezando a pensar que no vendrías", dijo él bromeando, pero la espera no había sido demasiado larga.

"No había tenido oportunidad", dijo ella, mostrando esa sonrisa una vez más.

Rápidamente entró a la habitación, cerrando la puerta firmemente detrás de ella y colocando la vela en la mesa.

Conan se movió para apagarla, pero ella alcanzó su mano, sosteniéndola en la de ella.

Su piel era suave, cálida.

"Déjala encendida", murmuró Livia, sus ojos vagando sobre su pecho desnudo y hasta la parte superior de su cuerpo.

De repente, ella tomó su cabeza con su mano libre y lo atrajo hacia ella, besándolo apasionadamente.

El beso se demoró, sus labios se juntaron.

Conan puso sus brazos alrededor de ella, juntándolos, aplastando sus voluptuosos pechos contra su pecho, separados solo por la tela de algodón de su camisa.

Sus brazos se envolvieron alrededor de él, sus manos exploraron su espalda, enviando un hormigueo de anticipación por su espina dorsal.

Hicieron una pausa, respiraron hondo y se miraron a los ojos, y luego volvieron a besarse, con sus lenguas entrelazadas.

Por fin, ella se retiró, y él la miró de nuevo, admirando la forma en que su pecho se alzaba.

Él se agachó y le quitó la camisa blanca, deslizando las manos sobre sus lados, y luego la levantó por encima de su cabeza mientras ella levantaba los brazos.

Ella sonrió de nuevo, pronunciando la simple frase, "¿te parezco bien?"

Era una pregunta que realmente no necesitaba respuesta; ella era magnífica.

En lugar de responder, él ahuecó sus pechos en sus manos, pasando sus dedos sobre la piel.

Sus pezones eran grandes y rosados, también ya estaban duros y de punta cuando él acarició con sus pulgares.

La atrajo hacia él otra vez, y se besaron mientras pasaba sus manos por su cabello, trazando los contornos de su cuello.

La llevó con cuidado hacia la cama, besándola alternativamente y tocando sus pechos.

Livia suspiró mientras se acostaba de espaldas, y él se subió a la cama junto a ella.

Él besó su barbilla, y luego su cuello, bajando hacia su clavícula.

Hizo una pausa por un momento, admirando la forma de sus pechos, luego inclinó su cabeza hacia uno, sacudiendo su pezón con su lengua.

Ella murmuró algo inaudible pero feliz, y él continuó, chupando suavemente y pasando su lengua sobre la piel sensible.

Él masajeó su pecho libre, luego cambió postura.

Sabía bien, mientras sus propias manos pasaban por su brazo, sobre su hombro, sintiendo su cuerpo firme.

Miró hacia arriba, y sus ojos se encontraron de nuevo.

"Mmm ... no te detengas" Dijo ella.

En lugar de responder, él la besó en la base de su esternón y luego se movió por su estómago.

Reflexionó de nuevo sobre la suavidad de su piel y la forma de su cuerpo, bien siluetada, pero sin músculos duros.

Alcanzó la banda de su falda, bajándose de la cama para colocarse entre sus piernas.

Le sacó la falda y las bragas de algodón, sobre sus caderas, deslizándolas sobre sus piernas para colocarlas en el suelo.

Livia se quitó los zapatos y se quedó desnuda e indefensa ante él.

Desnuda, sus piernas se veían tan bien como él lo había imaginado abajo en la taberna.

Pasó sus manos sobre sus muslos, moviéndolos lentamente hacia arriba, y besó sus caderas, justo al lado del montículo de vello púbico.

Sus piernas estaban separadas, y él sopló suavemente entre ellas, el calor de su aliento provocándola, mientras miraba, a la luz de la vela, una gota de humedad brillando entre ellas.

"Oh sí," suspiró Livia, "sí, por favor ..."

Pasó su lengua por la rajita, luego separó sus labios, sondeando la cálida y acogedora carne de su coño.

Livia jadeó de placer, sus caderas retorciéndose lujuriosamente contra las sábanas.

Conan puso sus manos en sus nalgas y continuó chupando y lamiendo, lanzando su lengua contra su clítoris.

Livia estaba gimiendo suavemente ahora.

Bajó una mano para acariciar su cabello, corriendo a lo largo del contorno puntiagudo de su oreja izquierda.

Él levantó la vista, observando cómo esos maravillosos senos subían y bajaban a medida que su respiración se hacía más pesada, más agitada.

Regresó a su tarea, ahora metiendo uno de sus dedos en su coñito mientras continuaba lamiéndolo.

Mientras jugaba con su clítoris, ella gimió, moviéndose ligeramente debajo de él, así que lo hizo de nuevo, convirtiendo sus gemidos en jadeos apasionados.

Se puso de pie, una vez más admirando la belleza de la muchacha que tenía ante él.

Livia se apoyó en los codos, el sudor ahora le goteaba la cara, y le clavaba un mechón en la frente.

Su mirada viajó por su cuerpo, mientras él una vez más se sentó en la cama junto a ella.

"¿Lo disfrutaste, verdad"

Se burló él de ella, recibiendo un beso en respuesta.

Se estiró para acariciar uno de sus pechos otra vez, mientras su mano se deslizaba por su costado.

Ella tiró de su cinto, aflojó el cordón con un poco de dificultad y luego se las puso sobre los muslos.

Él se quitó el calzón, y la mano de ella buscó su polla, acariciando a lo largo de su longitud, y pasando su dedo por la punta, rozando el capullo.

Él besó su pecho más cercano otra vez, chupando el pezón, lamiéndolo, mientras su propia mano acariciaba su erección.

Se maravilló de nuevo ante la suavidad de su toque, que parecía solo llevarlo a un éxtasis mayor.

Ella frotó su polla contra el húmedo cabello de su vagina, y él miró hacia arriba viendo su implorante mirada.

Haciendo girar su pierna, se montó encima de ella, su peso presionando sus pechos.

Ella lo guió, hacia adentro, mientras él empujaba profundamente dentro de su acogedor coño.

"Oh, dioses", murmuró ella, envolviendo un brazo detrás de su cuello y agarrando sus nalgas con la otra mano mientras continuaba meciéndose hacia adelante y hacia atrás.

Estaban jadeando ahora, el placer brotaba dentro de él mientras empujaba una y otra vez dentro de su cuerpo.

Se besaron, mientras él le daba un masaje a uno de sus pechos, y ella pasaba un dedo alrededor del contorno de su oreja.

Hizo una pausa por un momento, no queriendo que el evento termine demasiado pronto.

Sus ojos marrones estaban vivos, brillando a la luz de las velas, y su sonrisa era tan contagiosa e invitadora como siempre.

Él comenzó a moverse de nuevo, sintiendo sus caderas apretándose contra él, su mano agarrando sus nalgas con más fuerza ahora, sus pechos llenos de sudor, mientras continuaba bailando sus pezones rosados e hinchados.

Livia gritó cuando él se corrió, agarrándolo hacia ella mientras su propio orgasmo sacudía su cuerpo.

Incluso Conan no había esperado que su primera noche de regreso de la aventura fuera tan placentera ...

FIN

www.ingramcontent.com/pod-product-compliance
Lightning Source LLC
LaVergne TN
LVHW040953150826
845672LV00002B/679